엘리트 시선 20

강물처럼 살았다

전 전 옥 시집

엘리트출판사

국립중앙도서관 출판예정도서목록(CIP)

강물처럼 살았다: 전전옥 시집 / 전전옥 [지음]. — [서울]
: 엘리트출판사, 2018
    p, :   cm, — (엘리트 시선 : 20)

ISBN 979-11-87573-09-8 03810 : ₩10000

한국 현대시[韓國現代詩]

811.7-KDC6
895,715-DDC23   CIP2018003171

강물처럼 살았다

전 전 옥 시집

엘리트출판사

첫 시집을 펴내며

'바람이 가장 강하게 부는 날에 새는 집을 짓는다.'라고 정호
승 선생님께서 말씀하셨다. '문인은 험난한 세상을 버티며 작품
을 쓴다.'고 장현경 선생님이 말씀하셨다. '사람은 누구나 꿈이
있으며 많이 배운 사람만이 꿈이 있는 것이 아니다.'라는 것을
첫 시집을 내면서 느끼게 되었습니다.

저는 가끔 매미를 생각할 때가 있습니다. 어두운 땅속에서 몇
년을 보내다가 밝은 세상을 보기 위해서 굼실굼실 나온 매미
가 나무를 타고 올라가 마음껏 노래 부르는 그 소리를 저는 정
말 듣기 좋았습니다. 그 매미의 소리를 들으면서 저 또한 강물
처럼 살아온 것 같습니다. 첫눈이 펑펑 내리는 날 저는 깜짝 놀
란 가슴으로 내가 여기까지 왔나 하면서 팔십을 앞둔 내 인생
을 뒤돌아보게 되었습니다. 가슴속 한편에 응어리처럼 뭉쳐 있
는 것을 글로 쓰고 싶어서 문단에 문을 두드렸습니다. 그때 저
의 두 손을 덥석 잡으시며 따뜻한 격려와 부족한 글을 쓸 수 있
도록 도와주신 장현경 문학평론가님께 깊이 감사드립니다.

　더울 때는 냉커피로 추울 때는 따뜻한 꿀차로 격려해준 딸과 멀리서 아들 며느리가 박수로 보내준 용돈으로 이 책을 낼 수 있게 됨에 고마운 마음 전합니다. 아울러 친지와 이웃에게도 감사드리며 이 책을 읽으실 독자님의 건투를 빌겠습니다. 부족한 제 글을 따뜻한 마음으로 읽어주시고 때로는 공감되는 시가 되었으면 좋겠습니다. 늘 책장에서 자리 잡고 혼자 있을 때 친구가 되어주는 책이었으면 좋겠다는 바람입니다. 청계문학의 무궁한 발전을 기원합니다.

2018년 1월
청계 강의실에서

정수 전 전 옥

사랑합니다. 어머니

아들 강지호

평소에 전화조차 자주 드리지 못하던 아들이 청계문학 신인 문학상에 당선하시고, 시집을 내시는 어머니에게 축하의 글을 올리려 하니 기쁜 마음보다 죄스러운 마음이 먼저 앞섭니다.

철없던 10대 시절엔 말을 듣지 않는 철부지로 마음고생을 시키고 청년 시절엔 되지도 않는 사업으로 물질적인 부담을 안겨 드리고 중년에 들어서는 내 처자식만 챙기느라 어머니에게 전화 한 번 용돈 한 번 챙기지 못한 못난 아들로 변해버리고 말았습니다.

어느덧 제 나이도 오십을 넘기고 아들딸이 성년이 되고 자기들의 삶을 찾아가며 아빠 엄마의 사랑보단 자신들의 반쪽 사랑을 찾아가는 것을 보면서 서운하게 느껴지는 이런 감정들을 어머니 당신도 느꼈을 것으로 압니다.

이제야 조금은 알 것 같습니다. 부모님에 대한 사랑이라는 것을 주고 또 주어도 항상 부족한 듯한 느낌 그것이 어머니의 마음이란 것을 이제야 조심스레 말합니다. 사랑합니다. 어머니. 항상 건강하시고 앞으로도 좋은 시 예쁘고 아름다운 글 그림 많이 남겨주세요. 항상 응원합니다.

　마지막으로 한 말씀 더 올리면 저희 어머니와 같은 시와 글을 공부하시는 모든 분께 항상 건강하시고 하고자 하는 일들 성공하시길 바랍니다.

시집『강물처럼 살았다』출판을 축하합니다

막내딸 강주영

축하 글을 쓰려고 펜을 잡은 45세의 딸인 저는 얼마나 많은 시간을 고민하며 썼다 지웠는지 모릅니다. 한 참이 지나서야 손 글씨가 아닌 노트북을 여는 저를 보며 여든을 앞둔 어머니의 손 글씨는 존경스러움이었고 그 순수한 열정은 시샘을 일으키게까지 했습니다.

살아온 날들, 지나온 시간은 이루 말할 수 없는 인고의 시간이었음에도 당신의 여든 인생 아름다웠노라고 시를 쓰시는 어머니의 고운 마음에 또다시 겸허해집니다.

세상에는 좋은 글 훌륭한 글 필요한 글이 있다지만, 내 마음을 노래하고 표현하는 글이 가장 아름다운 글이라고 생각합니다. 아침마다 시를 노래하는 어머님을 보며 이오덕 선생님의 시가 생각납니다.

　창문을 두드리는 참새의 노랫소리에 하늘빛과 바람과 구름 한 조각을 예쁘고 귀하게 맞아 주시는 어머니의 마음을 존경합니다. 시를 노래하는 마음은 우리 인생을 감사하게 만들어 주는 것 같습니다.

　시를 쓰고 노래하는 나의 어머니, 진심으로 축하드립니다. 끝으로 우리 어머니가 인생에서 통과해야만 했던 인고의 긴 시간과 찰나의 순간마저도 일점일획 빠트림 없이 귀하고 빛나게 받아 주시며 아름답게 이끌어 주신 장현경 평론가님과 마영임 편집장님께 깊이 감사드리면서 청계문학회의 모든 분께 감사의 인사를 드립니다.

강물처럼 살았다

강물은
유유히 흐른다
그 물에 미역 감는 남녀

강물은
높은 곳을 원하지 않고
주어진 대로 흘러간다

강물은
어떤 둑을 지날지라도
불평 없이 돌아서 간다

강물은
행인들이 돌팔매질을 해도
깨지지 않는다

강물은
서슬이 시퍼런 칼로
베도 두 동강 나지 않는다

강물은
흘러가면서
자기를 다스린다

강물은
유유히 흐르며
썩지 않는다.

1 봄나들이

2 가족사랑

3 내 가슴의 꽃

4 인생의 가을

5 천 년 송

1

봄나들이

화사한 옷 위 살살이 같은 목 폴라
바람 따라가는 것 같더니
저 멀리서
자기야 이리와
나 여기 있어 하는데

입춘

봄이 온다고 노크를 하니
겨울이 텃세를 부리나

창문을 여니 눈이 오네
하늘에서는 눈으로 오는데

땅은 물로 변하네
순리에 순응하려고

땅속에서는 재잘대며
서로 웃음 지으며

어미 배 차고 나와
배냇저고리 입을까 하네!

베란다의 화초

아침마다 내가 먼저 찾아가 잘 잤니?
예쁜 화분에 담겨서 뽐내지
그러던 어느 날 무심코 길을 걷다가
민들레를 캐 들고 왔다

처음 예쁜 화분에 담아놓으니
수줍은 듯 고개를 숙이고 있더니
어느 날
뽀송뽀송한 꽃이 피었네

와, 정말 예쁘다
꽃 중의 꽃이다
네가 최고다
잘 난 자 못생긴 자 따로 없구나.

민들레

나도 꽃이라오
추운 봄 먼저 피는
목련꽃만 꽃이 아니라오
덩굴장미 담장 너머로
활짝 핀 꽃도 이니죠!

진달래 해바라기
다 저들이 꽃이라고 하지만
난 난쟁이로 밟으면 밟히면서

어느 날 활짝 피어서
하늘 높이 나 홀로 나를 때는
아무도 따라올 자 없지요

하늘 높이 더 높이
내 씨앗이야 어디에 떨어지건
나는 알 필요 없이 하늘로 훨훨
누가 날 따라올 꽃이 있을까?

다들 피었다가 자리 밑으로
한 잎 두 잎 떨어져

사람의 발에 밟히건만

나는 아니야
하늘 높이 날아서
구름과 손잡고
고향으로 다시 올 거야.

새싹

거북이 등처럼 툭툭 갈라진
그대 가슴에
좁쌀 같은 이 시 한 편이
독자의 가슴에 레몬 향으로

싸하게 퍼져 오른다면
노파의 마지막 통장 털어서
따스한 봄바람에 날리고 싶소
문우들이여!

귀 기울이고 돋보기안경 쓰고
잘 살피소서
마지막 한 방울의 피를
그대들에게 드립니다.

봄나들이

화사한 옷 위 살살이 같은 목 폴라
바람 따라가는 것 같더니
어여삐 부푼 젖가슴을 더듬네

아니야, 이건 임자 있어
손으로 휙 뒤로 보냈는데
또 왔네! 봉오리 만지러

저 멀리서
자기야 이리와
나 여기 있어 하는데

하하 호호 하면서
달려가는데
내가 먼저야
하고 또 왔네!

불현듯 가고 싶은 길

이른 봄이라
아직은 이불이 좋다
후드득 걷어 재치고
빨리 나와라

문 두드리는 산들바람
아련히 비취는 봄 향기에
살금살금 밖으로 나가
하늘 땅 동서남북

다 나를 부르네
호들갑 떨지 말고
그냥 한 길로 와
뒤돌아보지 말고

이 길이 네가 갈길
밤 되기 전 빨리
해가 지면 길 잃는다
길 잃기 전 시 한 줄 남겨라.

봄 달래

동지섣달 긴긴 겨울
땅속에서 포동포동
배시시 웃음 지을 때
연녹색 잎사귀를 치켜들고
봄소식 전하네

아낙네 호미 들고
두루 살피며
연녹색 잎사귀를 보고
'심 봤다!' 하네!

이파리는 연하여도
밑동은 둥근 금메달
된장 풀어 끓이다가
달래 조금 풀어 주면

향긋한 냄새
집안 가득 풍기네

우리 가족 둘러앉아
어허야, 향긋한 냄새
십 리를 날아가네.

봄보리

칼바람 불어와도
나, 이길 수 있어
내가 죽을까
어디 한번 해봐

너쯤은
내가 이길 수 있어
무럭무럭 자라서
보리 싹 피울 때 보자

누가 이겼나
어디 한 번 내기할까!
칼바람아
어서 손들고 물러가.

늦은 봄 장미꽃

담장 너머로
가지들 휘영청
푸른 잎과 꽃들은
부부인 듯 어우러져

길가는 사람들 시선을
끌어당기네
누가 그냥 지나려는가!
눈과 코 꽃향기에 흠뻑

벌 나비도 제철인 듯
이 꽃에 앉았다가 저 꽃으로
세상 모두 제 것인 양 즐기고 있네
아, 꽃이 좋아라.

봄 등에 앉아

밖을 한참 보노라면
보고 또 보고 싶어서
집을 나선 오늘 하루

풍성한 꽃구경
실컷 담아 갈까 보다
너는 또 누구냐?
푸른 잎 송송

이른 행복 또 누가 줄까
너무 추워 낡은 몸
이불 속에 묻었다가
이제야 기지개로 마음껏 맛보네

조용히 손잡고
위로의 봄 내음
오늘과 내일도
행복에 잠기겠네.

봄 중턱

송골송골 익어가는 봄
꽃들은 청춘이라
벌 나비들이 사랑을 나누네

펑퍼짐한 산길에도
꽃이 만발하여
벌과 나비들에게 윙크하네

꽃 청춘이
바람 소리에
한들한들

더더욱 좋아서
긴 입술로
이 꽃 저 꽃에 키스하네.

꽃과 나비

꽃이 좋아서
훨훨 춤추는 나비야
분명 너는 꽃의 신랑이지?

꽃봉오리에도 앉아보고
두 날개로 비행하면서
꽃의 세상을 마음껏

꽃은 분명 나비를 보면
서로 윙크하겠지

인간의 사랑이
제아무리 깊다 해도
나비와 꽃만 할까!
인간의 스승인 꽃과 나비.

나팔꽃

꽃집에 가면
난쟁이부터 키다리까지
웬 꽃이 그리도 많은지

꽃 중에 꽃을 찾으려니
보이지 않네

하필이면 들판에 널려있는
나팔꽃의 자태(姿態)가 떠오른다

곱상한 몸매
보라색 원피스에
하늘하늘한 그 모습

난 나팔꽃을 '진'이라고 할 테요.

어제와 오늘 나

그때가 좋았죠
철없던 그때
사랑으로 자랄 때

웃어른들의 덕담
무엇이든 할 수 있을걸
지금 난 무엇을 했나?

어느새 노인이 되었네
하지만 밑진 것 없지
나도 어린나무들에

무성히 잘 자라라
뿌리는 깊게
가지는 튼튼히

태풍이 와도 땅속 깊게
뿌리내려 흔들리지 않게
덕담할 줄 아는 나
깊은 샘물처럼.

2

가족 사랑

너는 내 아들 나는 네 엄마
이제 우리 둘은 한 가족
나는 너를 사랑한다
내 기도 들었지? 너는 나의 희망

강물처럼 살았다

전전옥 시집

보름달

하늘 높이 뜬 보름달은
세상을 밝히는 달
세상 무엇에도 다 공평히

10년을 기다린 듯
불룩한 그녀 모습 너무 좋아서
나도 모르게 눈물이 주르륵

막내딸이 결혼 6년 차에
초승달부터 보름달까지
이 엄마 너의 배를 보고
기다리면서 울고 기뻐서 울었지

막내딸의 아들 하나
보름달 손자
세상 밝혀라.

나의 등불 선생님

아침 일찍 책보자기 허리에 칭칭 감고
꾸부러진 산을 넘어 학교로
너도나도 똑같은 모습
발에는 짚신, 게다, 고무신

그때 나는 큰 오빠 덕에
남들이 매지 않은 가방
꽃 달린 고무 구두
그 시절의 공주였던가

친구들 시선을 한눈에 받으며
선생님은 또
전옥이는 내 오른팔!
그 말씀에 힘입어 세상을 힘차게 뛰었지

참 그때가 좋았어라
중간고사 치를 때면
최고 점수 시험지 두 장
이름은 틀리는데

답안지를 선생님과 둘이서

O X 다 끝내고
선생님이 사준 밀개떡
아, 그때 그 맛 잊지 못하네!

불효

젊었을 때
젊음이 좋다고
하시던 어머니

어머니는 무릎에서 바람이 나온다
바람이 왜 무릎에서 나와?
철없이 했던 말

이제야 알겠어요
어머님 무릎 바람
발에도 찬기가 돌아요

또 어깨, 허리, 무릎, 발
어디서 오는 찬바람일까?
불효한 이 자식 용서하세요.

첫째 아들

엄마 뱃속에서
첫 탯줄을 끊고
1966년 6월 3일

세상으로 나와
주먹을 불끈 쥐고
힘찬 울음

엄마는 먼저
손, 눈, 코, 귀부터
다 갖춘 너를 보고

안도의 한숨으로
하느님 감사합니다
다 갖춰 주셔서

열 달을 참고
서로 처음 얼굴 보면서
너는 나의 아들 나는 네 엄마

이제
우리 둘은 모자가 되었네.

둘째 아들

1968년 9월 25일
어미 뱃속에서 세상으로 나온 너
손가락, 눈, 코, 귀

나의 고통은 모르고
너를 보면서
이제

너는 내 아들
나는 네 엄마
이제 우리 둘은 한 가족

나는 너를 사랑한다
건강하게 무럭무럭
내 기도 들었지?

너는 나의 희망.

막내딸

첫째 둘째 후 6년 만에
1973년 4월 10일
해 질 무렵

'응애' 하고 소리 지르니
축하합니다
공주입니다

기다리던 딸을 낳고
먼저 예쁜 옷부터
원피스는 어떤 것으로.

짝

낮과 밤이 있기에 해와 달이 있고
하늘에 높이 뜬 저 달도
구름이 있기에 한층 더 아름답다

나무가 제아무리 멋 내고 서 있어도
바람이 아니면 춤을 못 춘다

아무리 맑은 물도 가두어 두면 썩고
개천이 있기에 썩지 않고 흘러간다

흐드러지게 핀 꽃도
벌 나비가 와야 한층 더 빛나듯

비 온 뒤 저 다리 건너 무지개도
햇빛이 있기에 더 아름답고

내 다리가 제아무리 멋지게 빠져도
몸져누우면 누가 알리

세상만사 똑같은 이치니
잘난 채 하지 마라
짝이 없으면 소용없네.

인연

뒤늦은 인연
문학으로 마음 돌려

누가 부리기라도 한 듯
청계문예 강의실로
뚜벅뚜벅 발길 옮겨
글 주우러 간다

쑥스럽긴 하지만
"참 잘 오셨습니다."
그 한 마디에
내 마음 보따리 풀어 보였네

인연이 따로 있나
여기서 인연을 맺을 줄

좀 더 젊었을 때 만났으면
더 맛깔난 글을 썼을 걸

아니야!
한가로운 지금이 더 좋아.

고향 집

내 고향 우리 집
꼬불꼬불한 마을
아홉 골 원님이 살던 동네

왜 원님들이
이곳에 살았을까?
아, 명산의 동네였던가!

난 모르지만
우리 집 지킴이
세 그루 살구나무는 알겠지

참 살구
개살구
떡 살구
네가 말해 줄래.

산

산은 멋쟁이
봄엔 울긋불긋
여름엔 푸른 양산 펴주고
가을엔 새색시 몸단장하고

우리 마음
설레게 하고 있지
그러기에 산은 멋쟁이
누군들 너를 싫어하겠느냐

울긋불긋 등산복과 가방 속은
온통 복권 보따리
가방끈 풀면 1등도 꼴찌도 없네
하하 호호 다 1등

겨울엔 흰 쌀밥으로
온통 나무들을 배부르게 하네
불룩한 임신의 배인가!
산은 멋쟁이.

금오산 폭포

초등학교 여름 소풍
떼 지어 금오산으로
밤잠 설친 친구들이랑
힘든 줄 모르고

폭포 한 줄기 맞고 나와
웃음보따리와 함께
가방 속 김밥 삶은 달걀
여느 임금 수라상인가

그때 그 시절
여든이 가까운 나이인데
잊지 못해 뒤돌아보네

코흘리개 친구들
못 잊어 보고 싶은데
다들 잘살고 있겠지
어깨 허리 무릎은 괜찮은가
그리워라. 친구들.

산과 바다

우뚝 선 산은
넓고 펑퍼짐한 바다를 보고
편히도 놀고 있구나

낮은 바다는 높은 산을 보면서
도도히 높은 곳에서
못난 우리를 보고 웃을까!

산은 바다를 보고
부러워하면서도
그래도 난 이 자리가 좋아

바다는 산을 보면서
도도히 선 너를 보고
부럽다 않고
아니야, 난 여기가 편해.

먼저 간 당신에게

여보, 그 나라는 어때요?
여기는 지금 꽃 잔치가 한창인데

그 옛날 당신과 꽃구경 가던 날
당신은 잊으셨나요?

한 번쯤 왔다 가면 안 될까요
너무 머나요

이 세상보다 그곳이 더 편한가요
모든 것 훌훌 벗어던졌으니 좋겠군

때로는 보고 싶고
때로는 미워요

미운 정 고운 정 때문인가
못 잊어 보고 싶네.

나무

나무는 언제나 그 자리서 시절을 따라
봄이면 어미 뱃속에서
잉태할 생각으로
응애하고 어미 자궁문을 여네

예쁘게 배냇저고리 갈아입히는 엄마
참 예쁘다, 춥지?

세상의 빛이 되고 소금이 되듯
근심으로 우는 자에게 해맑은 웃음 주고
삼삼오오 떼 지어 발걸음 재촉하네

여름에는 무성한 잎으로 쉬어가는 그늘 주고
가을에는 예쁜 옷으로 갈아입어
내 마음을 쉬게 하네

늦가을엔 내 몫 다 했노라고
고개 숙여 땅으로 낙하해
다음 다시 만날 그날을 위해
땅속 거름으로 산화하네.

어머니

어머니!
부르기만 해도
금방 달려오시려는 듯
앞에서 방금 미소 지으려는 듯

태산보다 높은 은혜
손으로는 잡을 수 없지
골은 어찌 그리 깊지요
품어준 그 사랑

어머니, 어젯밤은
꿈에 함께했어요
너무 높고 깊은 사랑
끝이 없어라.

손자 사랑

일생을 살면서
뺄셈은 없이
덧셈으로 하는 사랑

한 손에 든 것 주고
또 한 손에 있는 것까지
그것도 부족해서

주머니마다 손 넣어보고
가방 지퍼 다 열어보고
그래도 부족해서

잔돈 한 잎까지 줄까 하네.

갈매기

저 넓은 바다 위
마음껏 날개를 펼치고
떼를 지어 나는 갈매기

뱃고동 소리와 함께
합창을 하며 끼룩끼룩
배 따라 행복하게 가네

배가 휘저어 주면
고기 때가 풍성하니
고개를 숙이고 먹이를 쪼며

와 와 소리 지르듯
먹이를 찾아 따라가네
행복에 겨운 듯 끼룩끼룩

세상 너희들보다
행복한 자 누가 있으랴!

더불어 사는 삶

그래 적당히 살자
나도 흠 있으니
누구를 흉할 수 있으랴

물이 너무 맑으면
고기도 못 산다더라
유리창도 너무 깨끗하면
새들도 머리를 깬다지?

적당히 허물을 덮어 주고
넌 누구냐?
고개 돌리지 말고
품어 주고 다독이며 둥글게 살자

한 많은 이 세상 등지고 가기 전
매듭 풀고 얼싸안고 춤추며 살자!

강물처럼 살았다

전전옥 시집

3

내 가슴의 꽃

이제는
예쁜 꽃을 심을 준비
묻지 않아도 향기로 알 수 있는 꽃
향이 진한 난초꽃
눈과 귀가 없어도 알 수 있는 꽃

친구 셋이서

노랑 잎에 가지마다 아롱다롱
열매를 달고 간 은행나무가
단풍나무에

너는 왜 그렇게 화가 났어?
아무 일도 안 했건만
금세라도 불이 날 것 같아

계절도 모른 채 선 소나무 왈
싸우지 말고 마음을 비워 봐!
나처럼 사계절 청년같이 살 수 있어.

첫사랑 봉선화

진분홍빛 가득 안고
우리 집 정원에서
방긋 웃음 지을 때

내 손톱은 너를 보고
사랑 싹이 텄지
꽃도 나도 함께 웃으며

꽃잎을 따서
소금 넣어서 콩콩 얽겠지
그런 너를 내 손톱 위에
소복이 얹어 이불처럼

꽁꽁 싸매고 사랑을 나누며
둘이서 얼마나 다짐했는지
몇 시간 지나서 풀었더니
손톱이 온통 진분홍빛

내 손톱은 봉선화를 닮았네
순경보다 무서운 아세톤으로 밀어도
눈 깜짝 않고

밀려날 생각 없이
조강지처로 자리 잡고
느긋이 앉아있네.

내 가슴의 꽃

아침마다 내 가슴을
닦아야 한다
어제도 또 바람이 불었지
멀리서 날려 오는 흙먼지

이제는
예쁜 꽃을 심을 준비
어떤 향이 진한 꽃인지
묻지 않아도 향기로 알 수 있는 꽃

그럼
너절한 꽃은 버리고
향이 진한 난초꽃
눈과 귀가 없어도 알 수 있는 꽃

이제 꽃 향을 듬뿍 품어서
나와 같이 있으면
향기에 젖어
마음이 황홀해지도록.

어리석음

좁은 개울가 물고기
작은 돌 속에 들락날락
마음껏 춤추고 노는데
하늘에서 느닷없이 새 한 마리가
내 친구 냉큼 물고 갔네

흐르고 흘러 강을 만났지
어허야, 넓은 세상
마음껏 놀고 있을 때
물속 누군가가
내 짝을 냉큼 삼켰네

밀리고 밀려 바다를 만나니
한없이 넓고 시원해
마음껏 달려 보기도 하고
뛰어 보기도 할 때

이게 웬일이야
큰 고래 창자로
후루룩 빨려드네.

텃밭

자그마한 텃밭에
같은 씨를 뿌렸건만
열매는 어찌 다를까!

한 열매는 큰 감나무에 고동시 감
한 그루는 해바라기 세상 따라 둥글둥글
씨가 많아 새들의 양식 풍부하네
또 한 열매는 오이고추

오늘은 고동시 감 열매 생각
내일은 해바라기 생각
다음은 찬물에 밥 말아서
시원한 고추를 먹으면 좋겠다는 생각

작은 텃밭에
아롱이다롱이
생각만으로도
온종일 기쁜 일.

참 아름다워라

높은 하늘에 뜬 해님은
세상을 평화롭게 비추고
저마다 빛에서 도피하는 자
빛을 찾는 자
그것은 그대의 뜻

밤에 달도 높이 떠서
그 밤을 비추건만
밤하늘 바라보지 않는 자는
달을 볼 수 없고

달에 하소연할 말도 없지
하지만 나는
낮에 해님에도 할 말 있고
밤에 달님에도 내 마음 보내죠

두 임은
절대 거절하지 않고
포근히 받아주네.

비 오는 날

아무도 문 두드리지 않는
고요한 하루
비를 핑계로
이리저리 뒹굴뒹굴

오늘은 너무 편안한 하루
그래 옛 수첩을 뒤적뒤적
잊었던 친구
먼 친척

이 전화가 맞을까
편히 누워서 따르릉따르릉
몇몇은 받지 않지만
어찌 한 통 할 수 있어서

모처럼 조용하던 마음속에
물고기가 들어 왔다
온 강을 다 흔드네
덩달아 물이 춤을 추네.

바다

밤새 내린 비로
둑에 물이 꽉 차 흐르네
말없이 흘러간 저 물

온갖 지저분한 것 다 씻어서
저 강으로 흘러가건만
더럽다 너무 많다 하지 않고
그대로 받아 주네

아, 그 넓고 깊은 바다
바다가 되고 싶다
더러운 것 그 많은 것도
배척하지 않는 바다

내 마음도 저러고 싶다

물 한 종지만 한 내 마음
언제 저렇게 되려나!
세상 끝자락이 다 됐건만
아직도 난
왜 용서가 안 되는가!

죽순꽃

어렵사리 비바람 맞으며
당신의 의지를 꺾지 않고
한 걸음 두 걸음

뒤돌아보지도 않고
하늘만 보는
꿋꿋한 대나무의 자태

원망도 후회도 없는 듯
반듯한 자세로
100년에 한 번 피는 꽃으로 피었네

원망으로 나는 왜 이렇게
험난한 길을 가나 했는데
행운의 꽃을 만나게 되었네

아, 이제부터는
먹구름이 다 그치겠네
화들짝 웃음으로 가슴이 시원하네!

여름비

후덥지근 너무 덥네
웬 천둥 번개
갑자기 문을 두드리네

주룩주룩 쏟아지네
바람둥이
거짓말쟁이같이

아무것도 안 한 양
말끔히 사라지고
땅도 나무들도 목욕했다고

해님도 잘 쉬고 왔다는 듯
쨍…
다리 건너 무지개도

창문 열고 내다보니
나 또한 마음 상쾌하네.

까치

아침에 우리 집 앞
나타나기만 해도
반가운 새

우리 집 앞 살구나무 위에 앉으면
언제 소리 내어 울까
쳐다보며 기다린다

깍깍 소리 내니
옳거니
오늘은 어떤 기쁜 소식이 올까!

너는 틀림없이
우편배달 아저씨의 넋이겠지
정말 반가운 임이야.

담쟁이덩굴

애써 곱게 단장한
저 담을 타고
이 자리는 내 것인 양

누가 이 담을
네 것이라 하느냐
내가 타면 내 것이지

담쟁이는 애써 지은이를
무시해도
주인은 빙그레 웃어만 주네

애써 올린 나보다
네가 더 훌륭하구나.

장마

하늘에 구멍이 뚫렸나
끝없이 쏟아지네

이 많은 물을 어찌 저장했을까
가둬 놓았다가 쓸려고 참았던가!

중간마다 뿌려 주었으면
힘이 덜 들었을 텐데

너무 힘에 지쳐
나도 모르겠다

마음 비우려고 그냥 보내는가
다음 쓸 것도 보관하지 않고
다 비우는가.

옥수수

비탈진 언덕
널찍이 자리 잡고
뙤약볕을 맞으며
누굴 기다릴까!

배시시 수염을 달고
형제인 듯
흰 수염이 보라색 수염을 보고
내가 형이야

알고 보니 동갑인데
앞다툼 뒤 다툼하네
승자도 패자도 없는
우리는 한 가족.

매미

컴컴한 땅속에서
몇 년을 지내다
슬금슬금 밖을 보니

이게 웬 말인고
너무도 밝고 찬란해
세상 구경 나왔더니

이런 세상 혼자 보기 아까워
땅속 친구들 잠 깨우려고
목이 메도록 소리 질렀는가!

아니 지난 몇 년이
억울해서 우는가
찌르릉찌르릉 하늘을 찌르듯

우는 건가 웃는 건가
한 맺힌 마음 푸는 소리
여름 한 철
떠날 것이 억울해서인가!

누에

여름 한 철
뽕잎만 먹는 너
가을 단풍잎처럼
누런 얼굴빛으로

주인님 고맙소
이제 내 집 지을게요
눈치챈 주인님은
방안에 작은 나무줄기를 주니

그 자리에서 집을 짓기 시작하네
건설업자도 부르지 않고
재료도 수입하지 않고
자유자재로

팔 자 모양 집
어쩜 그리도 매끄러울까
하나님의 지혜인가!
사람이 지을 수 없는 집.

소낙비

갑자기 하늘이 컴컴 해졌네
쾅쾅 번쩍 우두둑
난 어쩌지?

집도 절도 우산도 차도 없는
허허벌판에서
고스란히 맞아야 하나?

그래 하늘은
나의 땀 식혀 주려무나
그대로 맞아야지

소낙비야 고맙다
내 몸을 이렇게
내 짝꿍의 손과 같구나

우와, 저쪽 하늘이 밝아졌네
뚝 그친 소낙비 한 줄기
내 시름 싣고 갔네.

파도야

고요한 바다
바라만 봐도 시원하다
어찌 그 모습 그리도 편안할까!

그러던 그 바다
어느 날 갑자기 화가 났네
누가 저 바다를 화나게 했을까!

산더미보다 큰 파도가
그침 없이 달려오니
아무 죄 없는 이도 꼼짝없이 당하네

아, 하늘이여 저 노여움 풀어주소서
넉넉한 마음으로 돌아가게
그만 잠재워 주소서.

인생의 가을

손잡고 따라나선 손자가
할머니 좀 더 빨리 가자
그래 나도 너만 할 때
엊그제 같은데
어느새 가을이 왔는가!

비와 바람

어허야, 이럴 수 있나!
비와 바람
한 치 자기 땅 아니라도
마음대로 나누고 있네

누구네 밭에도
누구네 이마에도
제 마음대로 땀을 식혀 주더니

왜 요즘은 무엇에 토라졌나
구름도 비도 무심하네
그 마음 아무도 미워하지 않았는데

해님도 달님도 당신 덕에
하루 이틀 쉴 수도 있었는데
이제는 그대들만 일하라고.

석양

흰 구름 붉게 물들고
해님이 서산에 서성이니

저녁노을이
한 폭의 병풍 되어

저 멀리
내 마음
그곳에 머무네.

허수아비

여름내 뙤약볕에서
영글어 가는 벼 이삭 지키느라

한 마리 새가 오면
긴 팔 옷자락 흔들어 가며

후여 쫓아 줬건만
들녘 추수 다 끝난 뒤

수고했다 한마디도 없이
옷 한 벌 갈아입히지 않네.

하루 마감

오후 대 여섯 시
창문 열고 내다보면
나무와 시냇물이 손짓하네
어서 나오라고

세상 어떤 친구보다
훨씬 친절하게
그늘도 주고 시냇물과 맑은 공기
한번도 빚 독촉 없이 주네

따르릉
친구야 어서 나와 너무 시원하다
그 친구와는 주고받을 수 있는
말벗 되어 발걸음 가볍다

나무 그늘 시냇물
말 친구
넷이서 시간 가는 줄 모르게
행복한 하루 마감.

길 따라가는 꿈

좁디좁은 산골짝에서 흘러
돌과 바위 헤치면서 흘러가니
저곳의 친구 손을 저으며
이보게 친구 같이 가세

손잡고 내려오니
건너편 친구 또 손 저으며
같이 가세 나 외로웠는데
그럭저럭 세 친구 합치니
넓고 큰 시냇물

어허야, 신난다. 소리치며 내려오니
이곳저곳 친구들이 모여들어
이젠 큰 강물이 되었네

큰소리 지르며 뽐내며 내려가니
웬 말인가 저 넓은 바다가 보이네

이젠 나도 바다에서 살겠네
시골에서 서울 가 살고 싶어서.

인생의 가을

인생 팔순이면
슬그머니 너의 자리인 듯
돗자리 펴고 쉬어 갈까
목도 좀 적시고

손잡고 따라나선 손자가
할머니 좀 더 빨리 가자
그래 나도 너만 할 때
뒤따라온 할머니 뿌리치고

휑하니 달려가 보았지
엊그제 같은데
어느새 가을이 왔는가!
세월아 너만 가거라

난 여기서 좀 편히 쉬련다.

석류

쌩긋 웃음 지으며
가슴을 드러내고
철부지처럼
하하 호호 웃음 짓네

알알이 가지런한 너의 모습에
가든 길 멈추고
부러운 눈빛으로
침 한 번 꿀꺽

하얀 속마음
드러낸 너의 모습에
행인의 함성
와, 박수로 환영하네

행복해서 웃음 짓는
석류의 자태.

만남

가을 하늘이
높이 떠서 좋고

구름은 찬 공기를 만나니
가슴 쾅쾅 소리치며 눈물 흘리네

나무는 바람이 부니
춤을 출 수 있어서 감사하고

물은 개천이 있어서
나 썩지 않을래!

다람쥐는 가을을 기다리며
도토리 주워서 부자 되네

강아지는 눈 오는 날엔
이리저리 뛰며 멍멍 멍.

기러기 떼

파란 하늘 아래
저 기러기 떼
누가 부르기에
저렇게 바쁘게

쉴 만한 나무들도 있건만

동창회 가는 날인가
친구 고희의 날인가
떼 지어 즐겁게 날고 있네

종착지가 어디기에
쉬엄쉬엄 가도 되련만
행여 힘에 부쳐
처진 친구 없나 보지도 않고 가네.

노을 진 하늘

느지막이 중랑천 길을 걷다가
내 너를 만나네
노을 진 하늘을
넌 어찌 그리 자유로이

한 편의 시를
여느 작가가 저렇게
마음껏 자기 뜻을
불그레 불태울 수 있으랴!

가던 길 멈추고
둑길 위 돌판에
퍼질러 앉아서
부러운 듯 너를 본다

나도 석양에 노을같이
아름답게 마무리하라고
시원한 바람이 선들선들
어루만져 주네.

가을바람

요술쟁이 가을바람
한데 뭉쳐서
약속이나 하듯
제각기 자기 몫을 들고

나는 산으로 갈 거야
나는 고추밭으로 갈래
나는 널찍한 벼 들녘으로 갈 거야
다들 제 몫을 했던가?

산에는 울긋불긋 단풍나무
도토리나무는 통통한 배를 내밀고
다람쥐는 손을 싹싹 빌면서
도토리 한 알 주우려고 눈독들이네

고추밭은 온통 빨강 옷으로
벼들은 누런 옷으로
누가 미스 진일까!
온통 세상 사람을 유혹하네.

훌쩍 떠난 세월

나는 지금
어느 지점쯤에 서 있는가?
77년을 훌쩍 넘기고 있네

누가 나를 좀 붙잡고
쉬었다 가게 하는 자 없을까
한 십 년을

그럼 나는
친구가 없겠지

아니야, 친구와 같이 갈 거야
외로움은 싫어
친구 따라 강남 갈 거야
세월아 함께 가자.

큰 나무 그늘

누구나 먼 길 걷다가
나무 그늘에서 참았던 숨
푸 후 하면서
쉬어간다

지친 마음 풀고 싶어서
술 한 잔에 커피 한잔
정답은 없지만
주고받을 수 있는 자리

답답한 가슴앓이
시원한 그늘에서 풀 수 있는 곳
친구보다 더 내 마음 알아주는
큰 나무 그늘

땀도 말리고
기쁨과 슬픔
다 풀고 갈 수 있는 자리

나도
누구에겐가
시원한 그늘이 되고 싶다.

낙엽

폭풍우에도 너랑 함께
넘실넘실
싱그럽게 춤추던 너

가을비에는 왜 힘없이
화가 난 얼굴로
실바람에도 흔들려

푸르고 청청함 어디로 가고
기약도 없이
낙하를 하네

다음에는 더 푸르고 싱그럽고
더 굳세게 오려무나!
그때는 입가에 함박웃음 가득히.

고개 숙인 벼

나는 부족하지만
너희만은
부모님의 유산 없이
둘이서 오순도순

셋 중 둘은 너희 몫
하나는 저축해서
앞서거니 뒤서거니
친구들에 뒤질세라

오밀조밀 커가는 너희 모습에
고생을 행복으로 바꿔보면서
살아온 내 인생
희수에 다다르니

이제야 후유 하고
내 인생 찾고 싶어
한 줄 두 줄 글을 쓰려고
청계문학 문을 두드렸다

뒤늦게 나는

고개를 푹 숙이고
선생님의 강의를 경청하면서
한 줄 두 줄 써서
후손들에게 주려고 한다.

서두르지 마!

바쁘다고 너무 서두르지 마
때가 되어야 오는 거야
답답하거든 창문 열고 하늘을 봐
구름도 여러 모양이야

뭉게구름과 떼구름
하늘은 늘 그대로야
내 마음이
왔다 갔다 하는 거야

바쁘다고
시곗바늘을 돌려놓아도
아침은 늘 그대로야

돈이 많은 사람도
돈이 없는 사람도
갈 때는 다 빈손이야

저승에서 빈손으로 왔다고
되돌려 보내지 않고
돈 많이 가져왔다고 붙잡지 않아
그냥 그대로 편하게 살아.

인생 팔십이련만

고목(古木) 한 그루가
무슨 꽃을 피우려고
우렁차게 가지마다 울긋불긋

매미도 몇 년 만에 땅속에서 나와
밝은 세상 바라보면서
나무 위에서 큰소리치며 노래하는데!

사람으로 태어나
나라고 못 하랴
늦지 않다고

고운 시 한 편을
저녁노을처럼
불그레 피우련다.

삶

2·8 청춘 때에는
내 것은 내 것
네 것도 내 것
핸드볼 돌리더니

30·40 되니
내 것은 내 것
네 것은 네 것
차례를 지키네

60·70 되니
내 것도 네 것
네 것도 네 것
너털웃음으로 돌려주네

80·90 되니 내 목숨은 하늘의 것
내 몸은 땅의 것
가진 것 없는데 왜 몸은 무거운지!

5

천 년 송

아, 장하다
그 누가 천 년 송을 알았으랴
폭풍이 온들 폭설이 온들
한결같은 심성
그 청청함 길이 가지소서.

반달

누가 저 달에 칼질을 했을까?
둥글게 높이 뜬 달을
그 마음 아무도 알 수 없어도
세월은 알지

나도 한때는 둥근 달이었지!
그런 나
반달은커녕
등 굽은 쪽 달이라네

세월을 이길 자 누가 있으랴
늪에서 헤매다가
비바람에 옷도 흠뻑 적셨지
불빛도 없는 컴컴한 밤

그 많던 친구도 하나 없이
나 홀로 어둠을 헤치면서
비에 젖은 옷자락은
왜 이리도 무겁고 차가운지

해님아 달님아

나 좀 잡아 주렴아
해와 달에 부탁해도
들은 척도 않고
내 곁에는 아무도 없네.

인생길

햇빛과 봄바람이 나를 유혹하니
슬그머니 집을 나선다
방향은?

물론 꽃길이지
친구 없이 혼자 걸어도
구름이 나에게 윙크하며 따라오라네
꽃은 향을 듬뿍 내면서 나만 보라지

바람 또한 선들선들
어화둥둥 내 사랑 어디로 갈까
이리도 좋은 세상
덕파무애(德波無涯)란 말이 문득 떠오르네.

세월

엊그제 겨울 지나고
새봄인가 했는데
여름이 성큼 왔네
아휴 더워 몇 번 했는데

웬 가을!
이마에 땀이 없어졌네
손수건 씻을 일이 없네
일손 하나 덜었네

세월도
웃자란 나무처럼
훌쩍 떠나버리면
나는 또 한 살 더 먹잖아
흑흑 싫다 싫어!

세월 2

초년 때는
실개천에서
물고기와 헤매며 놀다가

청년 때는
산과 들로 사랑 찾아 헤매고
늦은 밤에 집으로

중년 때는
아롱이다롱이들의 웃음에 흠뻑 빠져
황금을 찾아 헤맸지

노년 때는
책 속에 푹 빠졌나
밤잠이 도망가도
서럽지 않네.

촛불

내 몸에 심지 하나로
누구를 위해 불태우나!

싸한 냄새 풍기며
내 몸을 불태운다
터프한 냄새 싫어
내 몸은 공기 청정기

심지 잘 탄다. 자랑 말고
습한 그늘에서 굶주림을 한숨으로
교환하는 것을 보았는가!

나의 파수꾼 '폰'

새벽 일찍
카카오톡
문 두드리는 소리에

황급히 문을 열어 보니
오늘 어디로 가자
아무 준비도 없이

걱정하지 마!
가는 곳마다 먹거리 풍성하니
돗자리만 짊어지고 나와

알았어
카톡 덕분에 오늘도 즐거운 하루

효자 아들딸보다
네가 효자 노릇 하는구나
우리 늘 함께하자!

세탁기

일찍부터
먹을 것 풍성히 주네
윙윙 고마워요

고맙다는 말에
저녁에 또 주네
윙윙 너무 많아요

이 몸은 가만히 놀기만 해도
후한 주인님은
늘 배부르게 주네.

노송 위에 두루미 한 쌍

노송 위에 한 쌍의 두루미
뜨거운 눈빛으로
나는 당신 사랑 당신은 나의 사랑

몇 년을 약속하였는가!
인간에서 볼 수 없는 사랑
새끼들은 몇을 두었을까

꽃이 아름답다 하지만
감히 어림도 없는 아름다움
하늘에서 내렸나 땅에서 솟았나

참 참다운 사랑.

씨앗

콩 심은 데 콩 나고
팥 심은 데 팥 난다고
옛 선조들의 말

보릿고개 넘어본 나
내 마음 밭은
무엇을 뿌렸을까?

열심히 살면서
자식들 공부 가르친 것뿐인데
유죄인가 무죄인가!

운명

누구와도 비교 말고
뚜벅뚜벅 혼자 갈지라도
외로워하지 않으련다

인생이란 글자 그대로
서로 등을 기대며
걸어가지만

늘 혼자만의 삶을 추구하며
꿈을 탐구하는 나를
사랑하련다.

눈길

하얀 눈길 위
내 발자국
뽀드득뽀드득
와, 멋진 그림

누가 떠갈까
뒤돌아보네
내 멋진 그림
나만의 그림

친구가 없어도
발자국 소리
장단 맞춘 내 친구
그 음성 좋아라.

시 쓰는 어르신

젊을 때는 잠에 지쳐
날 새는 줄 몰랐는데

어느새 늙었나
잠이 안 오네!

한가롭게 눈을 껌벅이다
회상에 잠기어

종이 위에 썼다가 지워버리고
또다시 썼건만

돌아오지 않는 나의 젊음이
어디로 갔길래.

쉼터

옹기종기 할미꽃
꽃들 잔치는
날새기 바쁘게
줄지어 한 둘씩

어떤 할미꽃은 손자 자랑
다음 꽃은 며느리 험담

화풀이 너털웃음
줄지어 보따리 푸네
판사는 없는데
정답은 누가 지울까?

짚고 온 지팡이
끌고 온 유모차
가방 속에 사탕 하나가
판사로 끝을 맺네.

봄눈

우수 경칩이 지났는데
웬 진눈깨비
우산을 쓰고도 앞이 안 보이네

그 자리가 그리도 좋은가
젊은이들이 오는데도
노인네들이 길 떠날 채비를 하지 않네

옛날 넋두리 그만하고
젊은이들에게 슬며시
자리 비켜주면 좋겠네

지난 추억은 그만
젊은이들이 듣기 싫어하니
조용히 눈으로만.

천 년 송

아, 장하다
그 누가 천 년 송을 알았으랴
폭풍이 온들 폭설이 온들
눈 깜짝 않고 그대로

그대 조상은 누구였기에
그렇게 의지가 강한가?
뿌리는 하나인데 가지는 여러 개요

어쩜, 가지마다 똑같이
목마름 없고 우는 가지 없이
하나 같이 같은 옷 입고

한결같은 심성
변함없이 푸르고 청청한가
그 청청함 길이 가지소서.

기도

높은 산 꼭지를 바라보면서

돌아볼 겨를 없이
거친 숨 몰아쉬면서
그래 조금만 더 참자

꼭짓점까지 올라가는 동안
두 손 모을 겨를 없어
마음으로만
꼭지에 오르면 손 모은다

다 올라선 내 모습
장하다 환호의 기쁨
한참을 쉬고 나니
아래가 보이네

하늘을 잡을 듯
높은 산인데
와 보니 잡을 것 하나도 없네
그저 희망만 안고 왔구나

삼 남매 다 길러놓고.

돈

'돈'이란 글자마저도 서로 붙들고
놓지 않으려 하네
내 젊었을 때 돈이 내 집에 성큼 왔네
여보게 친구들 마음껏 드시게

어느 날 나를 버리고 뉘 집으로 가셨나!
허탈한 가슴앓이
다시 한번 쉬었다 가시면
큰 방에 불 지펴줄 텐데

내 소리 들었나?
슬그머니 얼굴 내 밀고 웃음 짓네
큰 방 불 짚여드린다니 찾아왔네
그래 약속대로

'돈' 모시고 따뜻한 기도
이젠 이 집 떠나지 마소서
철없는 거드름 그만 피울게!
오래 같이 살아요

내 기도의 따뜻함을 느꼈나

오래도록 잘 지내더니
무엇에 섭섭했나?
슬그머니 그만
낡은 집이 싫어 현대 집으로

남겨둔 정으로 시름을 달래며
하늘나라 갈 때까지
아껴 쓰리다!

일상에서 얻은 省察의 抒情 詩學

– 전전옥 시집『강물처럼 살았다』

張 鉉 景

(시인 · 수필가, 문학평론가)

일상에서 얻은 省察의 抒情 詩學

- 전전옥 시집 『강물처럼 살았다』

張 鉉 景

(시인 · 수필가, 문학평론가)

1. 글 머리에

겨우내 다진 그리움으로 솟아오른 진한 생명의 혼을 봄눈으로 품어 녹이고, 그 위를 이른 봄바람이 스친다. 엄동설한 숨죽였던 생명이 하얀 그리움에 수줍은 듯 얼굴 내민 샛노란 복수초를 바라보며, 전전옥(全全玉) 시인의 시 세계를 그려 본다. 정수(靜秀) 시인은 인생 희수(喜壽)에 이르러 문단에 데뷔하여 좀 늦은 감이 있지만, 꿈 많은 소녀 시절부터 글 읽기를 좋아하였을 뿐 아니라, 노년 시절에도 책과 보편적인 거리를 유지하며 역설적으로 표현해낸 그녀의 작품에는 자기만의 영역에서 깨달은 철학이 내포되어 있다.

현실 세계에서는 누구에게나 강자와 약자가 존재한다고 볼 수 있다. 그러나 시인이 보는 세계에서는 인간이란 강하고 약함의 차이가 아니라 '존재 이유'가 다르다는 데에 있다. 글쓰기에서 너와 내가 같다면 존재할 이유가 없을 것이다. 시인은 권력이 강하거나 돈이 많은 사람이 아니다. 시인은 권력과 돈을 시로써 의미를 부여할 수 있다. 많은 사람이 도시에서 살고 있지만, 대부분 문인 역시 출생지를 바탕으로 작가의 심연에서 출렁이는 향수의 물결을 감지한다.

　시(詩)는 사물의 순간적 파악, 시인 자신의 순간적 사상이나 감정을 표현한 것이다. 나아가 인생의 단편적 에피소드, 영원한 현재 등으로 정의된다. 서정시는 곧 생활시라고 계설(界說)되며 사랑이 배경으로 깔린 것이 그 본질이다. 또한, 경험과 순간의 파악이 집중되는 결정(結晶)의 순간들 속에 존재한다. 정수 시인은 시 부문 신인상을 수상한지 1년 만에 첫 시집『강물처럼 살았다』를 상재(上梓) 하게 되어 그 기쁨을 여럿이 함께하고 있다. 돌아보면 시인은 오래전부터 그림 활동과 전시회에 참여하여 화가로서 역량을 크게 펼쳤을 뿐 아니라 그사이 수필로 등단하여 시인이며 수필가로 거듭나게 되었다. 전전옥 시인은 자기만의 철학을 시적 재능에 담아 천착(穿鑿)하거나 서정적 시법으로 작품을 쓰고, 나아가 주제가 징명(澄明)하고 다독(多讀) 다사(多思) 다작(多作)으로 간결하게 쓸 수 있는 문학적인 이론과 실기에 대한 수련과정을 거치고 있어 좋은 글쓰기에 기대가 크다.

　2. 시대적 현실과 고뇌(苦惱) 의 즐거움

봄이 온다고 노크를 하니
겨울이 텃세를 부리나

창문을 여니 눈이 오네
하늘에서는 눈으로 오는데

땅은 물로 변하네
순리에 순응하려고

땅속에서는 재잘대며
서로 웃음 지으며

어미 배 차고 나와
배냇저고리 입을까 하네!

– 「입춘」 全文

'입춘(立春)'은 선명한 주제와 구조의 일관된 응집력이 시의 내면을 자연의 순리대로 가득 채운 훈기가 삶을 역동적으로 지탱하게 하고 있다. 읽을수록 참신한 이미지와 안정된 어조로 짜여 있다. 더할 수 없이 견디기 힘든 겨울을 지나 땅속을 뒤지면서도 절망하지 않는 새싹의 아름다움이 측은지심(惻隱之心)을 불러와 생명감이 넘치고 있다.

(ㄱ)

막내딸이 결혼 6년 차에
초승달부터 보름달까지
이 엄마 너의 배를 보고
기다리면서 울고 기뻐서 울었지

－「보름달」 중에서

(ㄴ)

나는 너를 사랑한다
건강하게 무럭무럭
내 기도 들었지?

－「둘째 아들」 중에서

(ㄷ)

'응애!' 하고 소리 지르니
축하합니다
공주입니다

－「막내딸」 중에서

(ㄹ)

열 달을 참고
서로 처음 얼굴 보면서
너는 나의 아들 나는 네 엄마

－「첫째 아들」 중에서

(ㅁ)
일생을 살면서
뺄셈은 없이
덧셈으로 하는 사랑

                              ―「손자 사랑」 중에서

　이 다섯 편의 시에서 보는 바와 같이 대부분의 이미지가 시
간을 내포하고 있다. 아득히 먼 옛날 조상 때부터 물려받은 '내
리사랑'을 대를 이어 물려주겠다는 강한 의지가 부여되어 있다.
이 시에서 연상되는 세대교체는 자연의 섭리이며 시간을 초월
해 영원을 지향하고 있다. 즉 정서는 순간적이지만, 사상은 시
간을 초월하고 있다.
　시의 이미지는 묘사나 비유로 나타난다. 작품 (ㄱ)에서 화자
의 마음속에 떠오른 감각적 이미지를 '초승달부터 보름달까지'
라는 시각적 이미지로 구현하고 있다. 기다리면서 울고 기뻐서
우는 묘사적 심상은 시인의 관념을 전달하기 위한 수단으로 형
상화한 것이다. (ㄴ)과 (ㄷ)의 이미지는 주로 시각과 청각에 의
존하고 대상의 재현에 초점을 맞추고 있다. (ㄹ)은 세상에서 처
음 얼굴을 보며 모자 관계가 천륜임을 표상하고 있다. (ㅁ)은
어린아이의 눈동자에서 손자 사랑의 극치를 그려내고 있다. 대
체로 이 시들에서 정수 시인은 빼어난 직관력으로 우리 시대에
흔하지 않은 효 사상과 남다른 가족 사랑의 배려가 시에 배어
있어, 누구나 그녀의 시(詩) 속에 빠져들게 하고 있다.

오늘날 대중문화의 범람과 영상매체의 발달로 예의의 실종이나 도덕 윤리가 사라져가는 세태를 시인은 염려하고 있다. 정수 시인은 이제 변화와 갈등은 현대인의 보편적인 체험양상이라고 시적 체험으로 말하고 있을 뿐 아니라 작은 텃밭 가꾸기에도 자상하게 마음을 쓰는 작가이기도 하다.

자그마한 텃밭에
같은 씨를 뿌렸건만
열매는 어찌 다를까!

한 열매는 큰 감나무에 고동시 감
한 그루는 해바라기 세상 따라 둥글둥글
씨가 많아 새들의 양식 풍부하네
또 한 열매는 오이고추

오늘은 고동시 감 열매 생각
내일은 해바라기 생각
다음은 찬물에 밥 말아서
시원한 고추를 먹으면 좋겠다는 생각

작은 텃밭에
아롱이다롱이
생각만으로도

온종일 기쁜 일.

- 「텃밭」 全文

　건강과 환경의 중요성이 커지면서 텃밭 가꾸기를 하는 가정
이 늘어나고 있다. 주말농장 또는 베란다나 옥상 텃밭을 이용
하여 농작물을 키우기도 한다. 씨 뿌리고 김을 매고 거름을 주
는 농사일은 힘든 노동이다. 전전옥 시인은 자라나는 작물들과
다정다감하게 얘기를 주고받으며 작은 열매 하나에도 사랑을
나눠주며 온종일 기뻐한다. 이렇게 자연과 교감하는 시인은 벼
이삭이 황금빛으로 익어가는 들판에서 뛰어놀던 어린 시절에
허수아비를 그리워했다는 것은 당연하다 하겠다.

여름내 뙤약볕에서
영글어 가는 벼 이삭 지키느라

한 마리 새가 오면
긴 팔 옷자락 흔들어 가며

후여 쫓아 줬건만
들녘 추수 다 끝난 뒤

수고했다 한마디도 없이
옷 한 벌 갈아입히지 않네.

- 「허수아비」 全文

커다란 눈망울로 파란 하늘을 응시하고 푸른 들판을 황금빛 물결로 일렁이게 하는 태양, 허수아비를 조롱하는 참새, 버릇없이 튀어 오르던 메뚜기, 어깨 주위에서 맴돌며 장난치던 잠자리를 회상하며 황야에 내팽개쳐진 허수아비를 소중하게 간직하고 아름답게 노래하는 시인이 있어 고향의 추억이 더욱 그리워지는 것이 아닐까!

삶의 길을 걷다가 시야에 들어오는 보편적인 사물에서 이미지를 묘사할 때 시인의 정서나 관념이 부분적으로 표출되는 것은 수사의 시법을 써서 드러나는 현상일 것이다. 전전옥의 시에는 자신만의 색깔이 있다. 자신이 겪은 삶을 바탕으로 자연 생태적인 상상력을 부활시키려는 경향이 있다. 그리하여 그녀의 글은 구슬을 꿰고 있는 듯한 느낌으로 쉽게 글이 흘러가고 있다. 여기 시 한 편을 읽어보자.

밤새 내린 비로
둑에 물이 꽉 차 흐르네
말없이 흘러간 저 물

온갖 지저분한 것 다 씻어서
저 강으로 흘러가건만
더럽다 너무 많다 하지 않고

그대로 받아 주네

아, 그 넓고 깊은 바다
바다가 되고 싶다
더러운 것 그 많은 것도
배척하지 않는 바다

내 마음도 저러고 싶다

물 한 종지만 한 내 마음
언제 저렇게 되려나!
세상 끝자락이 다 됐건만
아직도 난
왜 용서가 안 되는가!

— 「바다」 全文

　한 편의 시 속에는 시인의 의식과 정신적 내면이 상징과 은유의 이미지로 형상화 되어 있다. 이 시에서 시인은 바다를 향해 청순한 이미지와 고해의 발걸음을 극복한 일생의 모습이 복합적으로 형상화되어 다가오고 있다. 그러나 인간은 누구나 좀 더 위대한 삶으로 회귀하고 싶은 본능적 욕구를 지니고 산다. '물 한 종지만 한 내 마음/ 언제 저렇게 되려나!/ 세상 끝자락이 다 됐건만/ 아직도 난/ 왜 용서가 안 되는가!'에서 감지되듯이 시인은 이미 사물을 바라보는 눈이 깊어 멀리 바라보고 있는 것 같다.

> 하얀 눈길 위
> 내 발자국
> 뽀드득뽀드득
> 와, 멋진 그림
>
> 누가 떠갈까
> 뒤돌아보네
> 내 멋진 그림
> 나만의 흔적.
>
> ─ 후략
>
> ─「눈길」─部

 눈이 흩날리며 내리는 소리는 절대 들리지 않는다. 시각적으로 보일 뿐이다. 쌓인 눈을 밟으며 만들어내는 발걸음 소리와 발자국은 청각적 이미지와 시각적 눈을 대비시킨 참신한 결합으로 시인은 눈 오는 겨울의 정서를 아주 효과적으로 그려내고 있다. '누가 떠갈까/ 뒤돌아보네'에서 시인은 낯익은 발자국을 처음 듣고 보는 듯이 효과적으로 날렵하고 산뜻하게 환기하고 있다. 아마 곧 없어질 눈의 흔적을 글로 그림으로 남기고 싶어 하는 정수 시인은 이 세상에서 가장 행복한 작가가 아닐까 싶다.

3. 맺음말

첫 시집 『강물처럼 살았다』에는 순수한 사랑과 주관적 감성으로 부른 관조의 시어들이 촘촘하게 수록되어 있다. 작품 속 메시지는 참으로 순수하고 인본주의적 사랑으로 가득 차 있다. 시인은 그냥 스치기 쉬운 소재나 사건들을 시적 형상화로 표현하는 데 익숙해 보인다. 화자는 이미 인생의 가을에 와 있음을 작품에 부각하고 있어 철학적 가치관으로 진취적 시 세계를 구축하고 있다.

"대체로 시인의 시적 재능은 하늘이 내린 선물이요 복이다." 라고 말을 하는 문인이 있다. 그러나 문학지도 많고 작가의 길이 넓어진 요즘 이를 부정하는 사람들도 많다. 이에 화자는 진정한 문인의 길은 선택받은 소수의 사람만이 걷는 길이라는 듯, 자긍심을 갖고 불꽃같은 열정으로 작품 활동에 임하고 있음을 볼 수 있다.

시인이 작품 전체를 아우르는 시적 주제나 내포된 작품성은 매우 진솔하고 참신하다. 억지로 꾸미려고 하지 않고, 시적 주제나 발상, 전개, 함축 등이 참신한 가치를 내포하고 있다. 그녀는 낯설게 쓰는 시법과 다양한 수사법 그리고 이미지 변형을 통하여 적절히 메시지를 구사하는 독특한 호흡과 톤을 보여주고 있다. 정수 시인은 치열한 시 정신 속에 자기 성찰(省察)로

부지런히 관찰하고 깊이 파고드는 천성을 지니고 있어, 곧 어
려움을 극복하여 좋은 시를 쓸 것으로 믿는다. 이는 일상에서
진주를 캐는 낭만적 고뇌이며, 시인은 작품으로 가치 있는 삶
의 메시지를 끊임없이 그려내고 있다.

강물처럼 살았다

초판인쇄 2018년2월 15일 **초판발행** 2018년 2월 20일

지은이 **전전옥**
펴낸이 **장현경** 펴낸곳 **엘리트출판사**
등록일 2013년 2월 22일 제2013-10호

서울특별시 광진구 긴고랑로15길 11 (중곡동)
전화 010-5338-7925
E-mail : wedgus@hanmail.net

정가 10,000원

ISBN 979-11-87573-09-8 03810